VANESSA NÚÑEZ BAÑOS

# LE TUVISTE MIEDO

## CUENTOS BREVES

Le tuviste miedo

Cuentos Breves

*Vanessa Núñez Baños*

La Pereza Ediciones

Le tuviste miedo

Cuentos Breves

*Vanessa Núñez Baños*

© Vanessa Núñez Baños

De esta edición 2022, La Pereza Ediciones, USA
www.lapereza.net

ISBN: 978-1-6237519-4-4

Diseño de los forros de la colección:
Estudio Sagahón / Leonel Sagahón
www.sagahon.com
Portada y Maquetación Julián Herrera

VANESSA NÚÑEZ BAÑOS

# LE TUVISTE MIEDO

## CUENTOS BREVES

Para Valeria y Mariana, siempre.

*...se puede partir de cualquier cosa pero después hay que llegar, no se sabe bien a qué pero llegar*

Julio Cortázar

# CORPUS

El bebé tenía apenas seis meses cuando el médico le informó que había que operarla nuevamente. ¿Cómo dice?, preguntó sobresaltada. Várices pélvicas, le dijo el hombre con quien, pese a todo, no sentía confianza. Para que entiendas mejor, le dijo tuteándola, algo así como pequeñas úlceras en la matriz, las cuales notamos en la cesárea pero faltaba hacer exámenes. Por eso costó tanto sacar al bebé. Qué mal que este parto no pudiste tenerlo natural, afirmó decepcionado. Ella comprendía, sin embargo, que el médico hacía referencia a los gastos del procedimiento. Por instinto, se colocó las manos sobre el vientre. La herida aún dolía. Habrá que tomar decisiones, dijo el doctor. Pero si había algo malo con mi matriz, ¿por qué no la extirpó ahí mismo?, insistió ella. Porque debíamos consultarlo antes con Horacio, le respondió el hombre sonrosado y sonriente, observando al marido que se encontraba sentado junto a ella, sin pronunciar palabra o mover siquiera la cabeza. Ella se removió en la silla. Es probable, añadió el médico, esta vez dirigiéndose a ella, que Horacio y tú quieran tener más hijos. Por eso decidí no extirpar. Esa es una decisión que deben tomar entre ambos. Pero si dice que tengo algo en la matriz, ¿cómo podría tener otro hijo?, quiso saber, intentando no alterar la voz que su marido afirmaba era chillona y tratando de no parecer grosera con aquel hombre al que debía respeto, más que por ser médico, por ser familiar de Horacio. Será arriesgado pero con la venía de Dios para quien tú sabes, nada es imposible, será factible, afirmó y sonrió complacido, como si acabara de otorgarle la bendición. Ella buscó la mirada de Horacio pero éste, nuevamente, guardó silencio. A tu matriz le quedan aún como uno o dos años de uso, dijo. A lo mejor quieran tener más descendencia y aumentar la familia. Otro bebé que venga a completar las parejitas y aumentar el bullicio de las fiestas familiares, dijo el hombre y rio, celebrando su broma. Broma que ella le había escuchado decir decenas de veces en reuniones familiares, cumpleaños, navidades o años nuevos en que la familia de Horacio se juntaba y daba cuenta de los niños que el tío Carlos había traído al mundo y que ahora correteaban por el jardín, armando escándalo y convirtiendo cada reunión en un enorme barullo que a nadie parecía molestar, porque todos se sentían orgullosos de ser tantos y de pertenecer a una familia tan enorme. Entre los primos los había que tenían cinco, seis y hasta ocho hijos. Horacio mismo era el menor de nueve hermanos. El tío Carlos y la tía Amanda habían tenido cinco, tres hombres y dos mujeres. Y sus hijos, a su vez, habían tenido diecisiete niños en conjunto. Y aunque aquella familia extensa tenía sus ventajas, a ella, sin embargo, no dejó de causarle angustia cuando, luego de dar a luz a su segunda hija, su suegra y sus cuñadas le preguntaron para cuándo pensaban encargar el varón. Pero ella, que sentía que ya no podía con su vida y debido a que Horacio apenas podía con los gastos, comenzó a dudar de su capacidad para hacerse cargo de otro hijo. De hecho, en el segundo parto se había sentido agotada, drenada de forma anormal, como no se había sentido en su primero embarazo. Y así se lo hizo saber al tío Carlos quien, desde que ella se había incorporado a la familia, había pasado a ser su ginecólogo. Pero éste le restó importancia y le recetó vitaminas, afirmando que, si otras mujeres de la familia habían parido hasta siete u ocho niños sin quejarse, ella también podría. No fue sino hasta después de la cesárea que se enteró de que su matriz ya no era apta para parir, que su cuerpo le estaba avisando de algo que ella no entendía pero que, a lo largo de aquel embarazo, le había resultado patente y angustioso.

Su madre, por su parte, mujer práctica y de ideas menos devotas, luego del tercer embarazo, le había recriminado a solas —nunca frente al marido— aquellos embarazos tan seguidos. Recriminaciones que nadie hubiera creído pues, frente a la familia de Horacio, su madre se mostraba entusiasta con la llegada de cada nieto. ¡No ha sido para esto que me esforcé tanto por darte educación universitaria!, le había dicho. Pero ella se había quedado callada. No tenía caso explicar que para ella los anticonceptivos no existían. El tío Carlos, aunque ella había tratado de hablar el tema con él, no los prescribía. Su marido, por otra parte, se negaba a utilizar cualquier cosa que la iglesia no permitiera. Tampoco tenía caso explicar que no había manera acudir a otro médico, no sólo por un tema costos, sino debido a que aquel era el ginecólogo de todas las mujeres de la familia. Que todas, desde las primas, las sobrinas, las abuelas, las hermanas, las recién casadas, las que ya tenían varios niños, las que ya no podían tener pero los habían tenido y hasta las que nunca los tendrían porque habían decidido dedicar su vida al servicio de la iglesia, se atendían con él. Que buscar otro médico habría sido considerado un desplante. Que el mismo tío Carlos se habría resentido y que la familia —su nueva familia que, desde antes de la boda, la había acogido como a una hija—, esperaba que ampliara la descendencia, pero no con uno o dos miembros, sino con muchos, todos los que se pudiera, todos los que Dios mandara, todos los que su cuerpo y su vientre fueran capaces de parir. Y así ocurría también con Horacio que, desde novios, le había manifestado su deseo de tener varios hijos, pero que ella había creído que era un decir y por eso no se había detenido a preguntarle cuántos eran varios ni si ella iba a poder decidir también.

Después del tercer hijo, que esta vez por fin había resultado varón como Horacio y su familia esperaban, ella se había sentido abatida. No había ayudado que el nacimiento hubiera sido por cesárea, lo cual hizo la recuperación más lenta y había elevado los gastos del parto. Entonces, angustiada ante la perspectiva de volver a quedar embarazada, en cuanto pudo, acudió donde el Padre Alfonso. Ahogada en llanto, expresó el llena eres de gracia y había confesado sus pecados, entre los cuáles, aparte de la ira y la poca paciencia que tenía con las niñas, su marido, sus cuñadas y su madre, había expresado la falta de deseo sexual por temor a quedar embarazada. No puedo más, padre. No sólo por lo económico, que ya es bastante y por tener que soportar el mal humor de Horacio, que vive desesperado por nuestra situación económica, el llanto del bebé, que no lo deja dormir por las noches, y los gritos de las niñas, sino también por mi cuerpo que no resistiría otro embarazo. Dios misericordioso únicamente nos manda lo que podemos soportar, hija, le respondió el padre con sonrisa amable, detrás de las celosías del confesionario. Tengo miedo, padre. Ya con tres niños me da pavor quedar embarazada. ¿Y si me muero? Dios así lo habrá querido. ¡Pero voy a dejarlos en la orfandad, padre! Se van a quedar sin mamá… Tus hijos son hijos de Dios y él los cuidará. Y cuando por fin, luego de mucho llanto y desasosiego, ella se quedó sin argumentos —al menos sin los que hubieran sido aceptables para el sacerdote—, el padre remató con un ¡hija, no condenes tu alma por las debilidades del cuerpo! ¿De qué te servirá salvar tu vida si pierdes tu alma después de la muerte? Y ella, rompiendo en sollozos, deseando creer que Dios le hablaba por boca de aquel hombre, decidió aceptar su voluntad.

No debía tener más de seis meses de embarazo el día que Horacio la llevó a emergencias. El tío Carlos, luego de recibir los resultados de los exámenes, intentando sonar lo menos alarmado posible, le había comunicado que debía operar de urgencia. Lo demás fue carreras, llanto, papelería, llamadas a la familia y a la suegra. El chirrido de la camilla en la cual la trasladaron a la sala. Un beso en la frente.

La madre de ella y demás familiares de Horacio llegaron poco tiempo después al hospital. Uno a uno lo abrazaron y, en silencio, asegurándole que todo iba a estar bien, ocuparon las sillas de la pequeña sala de espera. Oraron. Un par de horas más tarde, por el pasillo del hospital apareció el tío Carlos, ya cambiado, con su acostumbrada bata blanca. Su rostro, cansado, se veía más exaltado que de costumbre. Pidió hablar con Horacio en privado. Al levantarse, su mirada se encontró con los ojos de su suegra que, hasta ahora se daba cuenta, eran idénticos a los de su esposa.

# EL DEFECTO

Sara cerró de golpe la puerta. El papel amarillo se deslizó a sus pies. La noche anterior tampoco había dormido. Ya llevaba varias semanas con insomnio. Debía responder una docena de mails, algunos de los cuales la urgían a enviar documentos que no tenía listos. El abogado de Ernesto la había telefoneado la tarde anterior. Que la casa por fin se había vendido y debía firmar, dijo. Y ella sintió como si algo se le atorara en la garganta, pero se contuvo. Por otro lado, para no ir a la cena en casa de sus padres, tendría que inventar otra mentira. No se sentía con ganas de discutir con su madre ni para escuchar las recriminaciones de siempre. Que una tal Patricia Cortés la había llamado, había apuntado la secretaria en el papel que recogió de la alfombra, cuidando de no arrugar el traje oscuro, recién sacado de la lavandería. Era su favorito y en él se sentía a gusto. La invitaba a un té, decía, y aparecía un número telefónico. Ella creía, sin embargo, que todas sus amigas se habían casado ya. Olga, Regina, Adriana, Claudia, Verónica, Julia, Mónica, repasó mentalmente. ¿Quién faltaba? De Isabel Contreras, dijo la voz dulce que escuchó al otro lado del teléfono cuando llamó. Y ella agradeció sin dejar que su voz evidenciara sorpresa. Pero la sentía. A Isabel nadie le había conocido novio y ahora resultaba que, sin más, se casaba.

Es que yo nunca voy a tener una vida normal, recordó que Isabel le había dicho una de las noches en que, luego de horas pegadas a códigos y libros de teoría, se preparaban un café en la cocina. Yo no soy como tú, que tenés a Ernesto, tus papás lo quieren y un día vas a casarte con él, vas a tener hijos y vas a tener una familia. Yo seguramente voy a quedarme sola. ¿Quién va a querer casarse conmigo?, dijo Isabel angustiada, sin que Sara accediera a prestarle atención. Tenía suficiente con todo lo que les faltaba por estudiar como para ponerse a discutir el tema, sobre el cual, de todas formas no tenía opinión alguna. O mejor dicho, sí la tenía y habría sido horrible expresarla, por eso era mejor callar. ¡Ay, Isabel! Nada que ver, se limitó a responder, mientras seguía batiendo el café cargado que esperaba le espantara el cansancio de todo un día de trabajo y le permitiera seguir leyendo. Isabel, en cambio, no había podido conseguir trabajo. Para ella todo era difícil. Desde asistir a las clases. Para subir las gradas de la universidad debía usar muletas. Vas a ver que sí te casás, afirmó Sara sin convicción, como una forma de zanjar el tema y salió de la cocina.

Sara buscó su celular en el bolso de piel recién comprado. No recordaba tener siquiera el número de Isabel registrado. Desde que habían terminado la universidad no habían vuelto a verse. Entonces cada una tomó su rumbo. Isabel la había buscado en un par de ocasiones pero Sara, ocupada como había estado con los preparativos de la boda, que fue casi inmediata a la graduación, nunca pudo o nunca se interesó en hacer tiempo. Con sorpresa encontró el número de Isabel aún registrado en el aparato. El tono pulsó varias veces, sin obtener respuesta. Y, cuando estaba a punto de colgar, Isabel respondió con voz áspera que pretendía ocultar su timidez crónica, derivada quizá de lo que ella misma llamaba "el defecto". ¿Isabel? ¿Qué ha pasado?, preguntó Sara, sin más.

—¿Cuándo te fumaste tu primer cigarro?, le había preguntado Isabel años antes, al mismo tiempo que encendía uno, en una de las tantas madrugadas en las que, leyendo separatas enormes sobre temas aburridos, preparaban exámenes.

—A los quince años —respondió Sara, pero sabía que mentía. A los quince años era demasiado sosa para fumar. Ni siquiera había tenido novio. Su madre se había preocupado siempre por vigilarla y que no tuviera contacto con nada que pudiera dañarla. El mundo para ella era un lugar obscuro y lejano al suyo, el colegio y las clases de pintura y francés. Pero sí había estado enamorada de aquel compañero de colegio que no le había hecho caso nunca y aquello la había marcado. La había convertido en una persona temerosa de la gente y de sí misma, aunque por fuera su actitud demostrara lo contrario. Quizá por ello había aceptado a Ernesto como novio, aunque éste no la satisfacía en nada. Era un tipo aburrido, que sólo hablaba de su futuro y de sus planes como abogado y se relacionaba con gente igual a él. Sin embargo, a su madre le había parecido ideal y no se había opuesto a la relación. Es más, la había alentado a seguirla y ella, sin desearlo realmente, continuó.

—¿Sabías tú que fumar aumenta el riesgo de cáncer de seno, de traquea, de lengua y… —quiso argumentar Isabel aquella noche.

—¡Ya ni me digás! —la interrumpió Sara—. Sólo de oírte me duele la garganta. El día en que esté embarazada de mi primer hijo voy a dejar de fumar.

—¿Y si no podés?

—Claro que sí. Para mí el cigarro no es vicio. Sólo fumo en reuniones, fiestas, en el cine y en la cama— dijo Sara con picardía y soltó una carcajada de humo.

—¿O sea que tú y Ernesto se acuestan? —quiso saber Isabel, con sorpresa.

—Desde hace sólo unos meses, pero nadie sabe —respondió Sara, a quien le picaba la lengua por contar lo que ella sentía era su nuevo estatus físico. Y como tampoco deseaba ahondar en detalles, que pensó Isabel no podría de todas formas entender, agregó:

—Y obvio que si mis papás se enteran, me matan.

—¿Te dolió la primera vez? —preguntó Isabel, disimulando inútilmente su ingenuidad.

—¿Me vas a decir que vos nunca lo has hecho? —preguntó Sara con malicia, pues tenía clara la respuesta.

—No porque no quiera, sino que no he tenido con quién —respondió Isabel avergonzada.

—Ya vas a tener, para eso sobran.

—¿Duele o no? —retomó Isabel, como quien no está dispuesta a abandonar una duda.

—Creo que depende de cada quién. Pero es que no podría decirte exactamente. Uno nunca sabe cabalito cuándo es la primera vez. No es que uno diga "hoy voy a dejar de ser virgen". Vas de a poco. Hasta que un día sucede.

—¿Así, sin darte cuenta?

—Ese fue mi caso al menos. Es que una no quiere creer que haya sucedido y se engaña diciendo que no pasó nada y que no volverá a ocurrir. Por eso muchas salen embarazadas.

—No entiendo.

—Es que si una ya se metió en el lío y lo sabe, es decir, saber que estás teniendo relaciones, pues toma las precauciones del caso.

—¿Pastillas, te referís?

—Pastillas, inyección, lo que querrás. Pero no se lo dejás a la suerte —dijo Sara, bostezando y tomando el libro que tenía frente a ella.

Y fue aquella frase la que Isabel recordaría años más tarde, aquel día en que, queriendo morirse, pudo leer claramente a trasluz el resultado en el sobre que la enfermera tomó de la repisa. O quizá lo imaginó. Ya no había forma de saberlo. Pero al final, cuando lo abrió, pudo leer un "positivo" recalcado en rojo. No podía ser, se dijo. Ella no había dejado nada a la suerte. Había hecho todo lo que Sara le había aconsejado. O casi todo. Porque Sara no supo nunca que la estaba aconsejando ni ella supo que aquella conversación sobre anticonceptivos le serviría tiempo después. Quizá no había tomado bien las pastillas o quizá se había saltado una dosis. Ya no le era posible saberlo. Su primer impulso fue invocar a Dios. Pensó que tal vez, aún estaba a tiempo de hacerle el milagro que nunca le había hecho y eso que desde niña le había rezado con fervor. ¿Qué diría su familia? Y su mamá que la había advertido siempre que de salir con una frescura, la echaría de la casa. ¿Y Andrés? Seguro se moriría. Se moriría o la mataría. ¿Se haría cargo?

¿Pensaría que es de otro? Pero si ella ni novio había tenido antes de él… Y él sabía bien que ella era virgen. Había sangrado. Le había dolido. ¿Cómo no iba a serlo con esa timidez espantosa que había acarreado desde niña a causa de su cojera? Desde que tenía uso de razón, recordaba a la mamá contar la historia, una y otra vez, como una forma de expiar la culpa: angustiada, la llevó al médico a primera hora, había tenido fiebre toda la noche. Luego de examinarla, el doctor le dio la noticia. Era polio. Apenas tenía dos meses. Tres semanas antes, la madre había escuchado que varios niños habían contraído la enfermedad. Por eso habían visitado al médico. La madre le había pedido que, aunque la bebé aún no tuviera la edad, la vacunara. El medio aconsejó, sin embargo, esperar un par de semanas para dispensarle la primera dosis. Que no debía preocuparse en exceso, le dijo. Pero el martirio comenzó apenas una semana después. Vinieron las fiebres, la flacidez de la pierna. Luego la deformación se hizo evidente. Por eso Isabel recordaría su infancia como un calvario de médicos, tratamientos, intervenciones quirúrgicas y fisioterapias. Las operaciones habían sido terriblemente dolorosas y habían marcado su cuerpo y su alma. La peor de todas, cuando le habían cercenado la pierna sana para que le quedara al nivel de la otra, que no había crecido más. Cada semana iba al ortopeda para que ajustara el tornillo que tiraba del hueso y lo hiciera crecer. Tuvo que usar muletas durante dos años. Más terrible que el dolor, fue haber tenido que viajar sola a México. Sus padres sólo disponían de los recursos para la operación y no pudieron costear más pasajes. Si no hubiese sido por la monja que se apiadó de ella y estuvo junto a su cama día y noche durante su recuperación, quizás se habría dejado morir. Si no le hubieran cortado el hueso de la pierna, Isabel calculaba que ahora sería más o menos de la misma estatura de Sara. Por eso, sintiéndose culpable por todo el sufrimiento de sus padres, ¿cómo iba a decirle que estaba embarazada, si ellos ni siquiera sabían que salía con Andrés? Sus padres nunca lo habían visto. Ni el nombre se lo habían escuchado mencionar, pensó. Cuando se dieran cuenta de su estado, seguramente la matarían. Apretó con fuerza el bastón que, desde la última intervención le servía de apoyo. Echó el sobre en su cartera y caminó el dificultoso pasillo. La rodilla le ardía. El aparato que debía usar para sostenerse comenzaba a lastimarla. Ya le había formado una llaga. Una vez en el carro comenzó a llorar. En el semáforo no dobló a la derecha y se dirigió hacia la avenida. Sacó la cajetilla de cigarrillos mentolados, pero desistió. Era suficiente tener un hijo sin padre para que saliera enfermo. Lo había leído en las revistas médicas de la decena de consultorios que había visitado en su vida y en las cajetillas de cigarrillos, que ahora contenían horribles leyendas que advertían toda clase de enfermedades. "Fumar durante el embarazo produce bebés de bajo peso", decían los anuncios en una letra minúscula, que nadie se daba el trabajo de leer, pero ella sí. Ella se había acostumbrado a leer la letra pequeña en las miles de esperas que había tenido que hacer en su vida. Y había sido fuerte. Pocas veces el dolor, pese a su intensidad, la había podido quebrar. Pero hoy le faltaba el valor. Luego de dar varias vueltas a la manzana, decidió parar en un teléfono público y citar a Andrés en un McDonald´s. ¿No podía esperar?, preguntó él. ¡No! Esto, sí te digo, es de vida o muerte para ambos, respondió ella. Y él se asustó. Le dijo que la vería en veinte minutos.

Andrés la encontró pálida, con el sobre en la mano y un cigarrillo en la otra. Lo leyó sin parpadear. Al terminar, levantó las cejas.

Tres meses más tarde, cuando Sara la telefoneó, Isabel le comentó de la boda, de lo feliz que estaba, de los preparativos, de lo bien que sus padres se llevaban con Andrés y de lo mucho que lo querían. Sara tampoco hizo más peguntas por miedo a que Isabel preguntara sobre su vida. No deseaba hacer mención de su reciente divorcio, del insomnio ni de lo sola estaba. Y cuando Inés le mencionó la fecha del enlace, Sara se excusó, como se excusó del té, aduciendo compromisos de trabajo y algún viaje pendiente. Al colgar, Isabel pensó que era mejor así. Por su parte, el vientre se le había comenzado a abultar y, no estaba segura, pero creía que por la mañana había sentido incluso un movimiento en el estómago y se lo había contado Andrés, quien, luego de un beso en la frente, se había limitado a sonreír.

# EL MIEDO

*¿Mató tunco tu tata? ¿Le tuviste miedo?*

Lo que a mi hija le pasó, fue horrible. Se puso verde y a los veintidós días estaba muerta —me dijo la mujer que cocinaba tortas mexicanas y fue la primera amiga que hice en aquel pueblo al que me había mudado en busca de paz.

La mujer, que se mostró amistosa desde un inicio, me había ayudado a conseguir un tambo de gas para la cocina y algunas cosas para instalarme. También, cuando no me era posible cocinar o no tenía ganas, bajaba hasta el parque central, frente al cual tenía ubicado su negocio y le ordenaba comida que, pese a no ser deliciosa, saciaba el hambre.

Fue como por esta fecha —dijo, al tiempo que limpiaba con una esponja que despedía grasa el azulejo curtido del mostrador, que hacía también de mesa para picar y servir. Sobre él se encontraba dispuesta la carne cruda, algunos tomates y varias cebollas —. Bien me acuerdo porque también era época lluviosa y estaban cayendo unas grandes tormentas, como ahora —agregó, sin levantar la vista, al tiempo que, con sus manos huesudas estiraba los pellejos de la carne y, luego de rebanarlos, los disponía sobre una tabla.

El invierno había comenzado con fuerza hacía dos semanas. La noche anterior, sin embargo, había caído una tormenta tan descomunal, que incluso amenazó con levantar el techo de lámina de la pequeña casa que yo había alquilado hacía apenas un par de meses. La casa, ubicada al pie de un cerro, era antigua y, gracias a una amiga, había logrado alquilarla a precio módico. Con dos pequeñas habitaciones y una terraza, la casa tenía un enorme jardín que lindaba al fondo con el cerro y varias fincas y una antigua plantación de café. De él, por las noches, bajaban todo tipo de animales, incluyendo un gato negro y grande que, desde las gradas, sin importarle mis amenazas y piedras, me observaba impávido hasta que le daba la gana marcharse. Quizá por ello, mi gato se comportó extraño desde un principio y se negaba a salir luego de atardecer, permaneciendo arremolinado en el sofá. La noche anterior, sin embargo, había dormido conmigo. En la madrugada, quizá asustado por los golpes del agua sobre la lámina, se había metido en mi cama y había permanecido quieto a mis pies al tiempo que yo permanecía con los ojos abiertos en la oscuridad, esperando que la tormenta cesara. Dilatados relámpagos iluminaban el jardín. Una cascada de lodo y hojas se desbordó por la ladera del cerro, inundando el patio. Al asomarme por la ventana, una silueta solitaria me sobresaltó. Tuve que hacer un esfuerzo para recordar que aquel bulto que colgaba de un árbol, no era otra cosa que mi hamaca empapada en la que, por las tardes —y cuando los mosquitos me lo habían permitido—, solía recostarme a leer, tratando de hacer realidad mi sueño de retirarme una temporada a escribir en un pueblo tranquilo y alejado del bullicio de la ciudad.

Aquel diluvio debió durar desde la media noche hasta la madrugada. A la mañana siguiente, al salir a la calle, el pueblo estaba cubierto de lodo y piedras desbordadas desde las fincas de café aledañas. Una cuadrilla de borrachos —que solían dormitar bajo el calor del medio día—, había sido contratada por la alcaldía y luchaba por levantar la masa de piedras y tierra que cubría el empedrado. Enormes piedras y ramas se habían deslizado desde los cerros hacia la parte más baja del pueblo, bloqueando calles y destrozando portones y puertas. Yo, entre charcos, lodo y ramas, desvelada y muerta de hambre, me dirigí hasta la plaza. Tuve suerte pues la mujer era la única que había abierto el negocio.

Bien recuerdo que mi hija, que recién había tenido un tierno, gritó en el cuarto. El niño tenía apenas seis meses —continuó, al tiempo que se disponía a picar la cebolla y el tomate y yo halaba un pequeño banco plástico para sentarme en el mostrador—. Yo la escuché desde mi dormitorio y fui corriendo a su cuarto. La había oído hablando por teléfono y, nomás entrar a su habitación, la vi escupir. ¿Qué pasó hija?, le pregunté. Nada mamá, que una rata chuca que pasó por la viga me echó algo en la boca, me dijo sosteniendo su celular en una mano, al tiempo que, con la otra, se limpiaba los labios. La rata, dijo, le había echado algo en la boca, que no era pipí ni pupú, pero que yo nunca vi. Desde aquel día, ella se comenzó a hinchar y a ponerse verde. Aquello le quitó el hambre. Dejó de comer y, como le digo, en veintidós días estaba muerta y me dejó al tierno. Poco después de aquello —continuó la mujer, mientras se secaba las manos en el delantal—, un hombre que tenía fama de transformarse en animal me paró en la calle y me dijo: Hace algunas noches la vi. Yo lo miré asustada. La vi mientras se desvestía y cuando se fue a acostar, dijo. Usted también me vio. Pero no se dio cuenta de que era yo, agregó y se tiró una risotada. Lo miré con cara de espanto. Tenía los ojos amarillos, pero sin pupila. Solo tenía lo blanco. Antes de que yo le preguntara de qué estaba hablando, me dijo: Yo era el murciélago que la otra noche andaba en su cuarto. ¡Y era cierto! Aquella noche en que mi hija se enfermó, ya para acostarme, había visto un murciélago prendido del techo de mi cuarto. Era un animal negro y brillante, como lleno de grasa, que me miraba. ¡Me dio asco! Aquella noche prendí la luz y lo comencé asustar para que se fuera. Pero el animal no se iba y, en cambio, daba vueltas alrededor del foco. Al final, como ya no lo vi, pensé que había logrado asustarlo y que se había ido, pero no. El animal, según me lo estaba confirmando el hombre mismo, se quedó escondido entre las vigas, mirándome. Hasta ahí fui a saber que era él. Entonces recordé que, días antes, un mal viento había llegado de improviso a la casa y había caído sobre uno de los pollos que yo estaba criando en el patio, por la pila. El mal aire lo había volteado y lo había dejado con las alas hacia arriba, el cuello torcido y el pico girado hacia la nuca. Mi hija lo había metido en un guacal y, al día siguiente, el animal había amanecido muerto. Recordé entonces que mi mamá, que sabía de estas cosas, decía que una debía tener siempre animales porque si a la casa llegaba el mal aire, le caía al animal y no a una. De esta forma el animal la salvaba a una del mal. Y así, desde aquel día, uno por uno, se fueron muriendo los pollos. Cuando no hubo más, resultó que, una mañana, la pila que era grande y honda, amaneció vacía. ¡Mire mamá!, me dijo mi hija, la pila se vació y yo anoche la dejé llena. ¿Será que tiene fuga y el agua se está filtrando?, quiso saber. Esa noche la volvimos a llenar y la dejamos tapada. Le pusimos un gran nailon que teníamos y no pasó nada. A la mañana siguiente ahí estaba el agua. Pero, dos noches después, se nos olvidó taparla y la pila amaneció vacía. Fue entonces cuando decidí llamar a don Tomás, el albañil que vivía cerca, para que me la repellara. Y así lo hizo. Le puso una gran capa de cemento que hubo que dejar secar por varios días. Al quinto le echamos agua y la vaciamos. Al sexto la dejamos llena y, a la mañana siguiente, no había agua. Llamé al señor de nuevo. Mire, don Tomás, le dije, aquí usted no me ha hecho un buen trabajo, porque la pila se sigue vaciando. ¿Y la dejan destapada?, fue todo lo que me preguntó el hombre. Sí, le contesté. ¡Ah, pues tenga cuidado!, me dijo. Lo que aquí está pasando es que por la noche está viniendo un gran animal a tomarse el agua de su pila. ¡Tenga cuidado!, repitió el hombre antes de darse la vuelta e irse. Desde aquella noche, siempre dejamos la pila tapada con mi hija y el agua no se volvió a ir. Pero, a los diítas de eso, fue que ocurrió lo de la rata. Y como le digo, veintidós días nada más dilató mi hija para morirse y me dejó al tiernito de seis meses.

Después de que ella ya no estuvo, yo dormía con el niño en mi cama, porque me daba miedo que un día también aquel animal fuera venir por él. Y así fue. Durante casi tres meses oímos, todos los días al anochecer, que un animal como que era gato caminaba por los techos, otras que arañaba la puerta, como si fuera un chucho que quería entrar al cuarto. Tres meses tocó lidiar con aquello después de que mi hija se murió. Y, entre rezos y agua bendita, aquello se fue calmando. Luego de un rato nos dejó en paz. Hoy mi nieto tiene casi 13 años —dijo, señalando a un muchacho que, sin yo haberlo notado, había permanecido parado a mis espaldas, escuchando la historia indiferente, como si nada tuviera que ver con él. A aquel hombre que me dijo que me había visto desnuda en mi cuarto, supe que lo habían matado tiempo después. Se había convertido en mico y por la noche trató de tocar a la mujer de un hombre que tenía fama de bravo y, entre varios, lo machetearon. Fue el mismo don Tomás el que me lo contó. Aquel mal aire que le pegó a mi hija, agregó al tiempo que con una espátula de madera daba vuelta a la carne que expedía un olor penetrante, no iba dirigido a ella, sino a mí. Desde entonces, afirmó la mujer, no he dejado de tener perros o gatos en mi casa para que nos libren de todo mal. ¿Y usted, qué tal durmió anoche? —quiso saber, al tiempo que colocaba el plato frente a mí y se limpiaba las manos en el delantal—. ¿Todavía no la ha llegado a visitar ningún animal extraño a su casa por las noches?, agregó y luego

ordenó al muchacho mudo que me alcanzara una gaseo-
sa helada.

# LÁTEX

Insertó el bisturí a la altura del ombligo. Con un tajo limpio y firme cortó el abdomen. Aunque no hubo tiempo para anestesiarlo, el muchacho no se movió. El cirujano hizo dos o tres cortes. Las vísceras saltaron con un sonido viscoso que a ella le pareció repulsivo. Los órganos vibraron unos instantes por el fluir de la sangre que, unos minutos después, se detuvo.

El cirujano le indicó, al tiempo que se quitaba los guantes pegajosos, que cerrara con una costura suelta. En medicina legal volverán a abrirlo, dijo, y se marchó llevando tras de sí a las enfermeras y a los dos agentes policiales que, desde la puerta, no habían perdido de vista ningún movimiento y que, después de cruzar un par de palabras con el médico, se retiraron intercambiando bromas.

Pronto los pasos dejaron de escucharse en el pasillo. Entonces el silencio la inundó y el cuerpo desparramado sobre la mesa le resultó grotesco. Su expresión era angustiante. Probó cerrar sus párpados, pero fue inútil. Observó el reloj. Eran casi las tres de la madrugada. Intentó pensar en nada y terminar lo antes posible. Tomó la aguja con el hilo hilvanado. Presionó con fuerza las vísceras tibias, pero éstas se le deslizaron bajo los guantes. Aquel sonido se produjo de nuevo. Un escalofrío recorrió su espalda.

Empujó los órganos con una gasa. Ésta se empapó de sangre al instante. Se inclinó sobre el cuerpo para ayudarse con su peso en la tarea. Haló la piel con fuerza, al tiempo que presionaba los músculos que se negaban a volver a su posición original. Y, cuando estaba a punto de introducir la aguja en la piel tensada, el parpadeo de la lámpara la hizo reparar en los ojos marchitos del cadáver que, por un momento le pareció que la observaban. Luego de un retumbo sordo la luz se apagó por completo.

Sintió un frío intenso. Pensó en dirigirse a la puerta, pero algo la contuvo. Hizo un nuevo intento, pero decidió quedarse quieta, pues le pareció que había escuchado algo. Colocó como por instinto, sus manos sobre el cuerpo abierto. Comprobó que la tibieza comenzaba a abandonarlo y daba paso a una frialdad húmeda.

Minutos interminables transcurrieron y, como nadie se acercara a la sala, a tientas se desplazó por la habitación. Su antebrazo rozó el cabello húmedo y marchito del cadáver. Sus pies tropezaron con una de las mesillas de rodos. El ruido la sobresaltó. Avanzó unos pasos hasta que su mano sintió el frío del metal de la puerta voladiza. Buscó la ranura. La empujó despacio. Y, cuando estaba a punto de salir, se detuvo. Giró la cabeza. Aguzó el oído. Estaba segura. Había escuchado a sus espaldas, con claridad, el sonido viscoso de guantes estrujándose.

# LA FAMILIA

Aquel día la Coyo se había levantado tarde. Apenas comenzó a remojar la ropa, vio que la vecina subía el camino. Traía prendido de la falda al menor de sus hijos, un muchachito enclenque que siempre andaba descalzo, en calzoncillos y tirando piedras a los pájaros que anidaban en los árboles que bordeaban el río. Mientras se acercaban, se perdió en sus pensamientos.

La noche anterior se había quedado despierta hasta tarde. Algo la mantenía inquieta desde hacía tiempo. Había notado extraño al hijo mayor. De ser un niño cariñoso, se había convertido en un muchacho malcriado y respondón, que se le ponía al brinco al papá. Ya habían llegado incluso a los golpes y ella se había visto forzada a intervenir para evitar la desgracia. Sabía que aquello le afectaba a Mario. Especialmente porque el muchacho no era en verdad hijo suyo, aunque lo había criado y querido desde chiquito, desde que se juntaron para hacer una vida juntos y sobrellevar la pobreza de mejor manera.

Habían tenido más hijos y él, aunque de tanto en tanto se emborrachaba, era un hombre correcto. Nunca hizo diferencia entre todos los cipotes. Sin embargo, era indudable que el muchacho, que al principio lo quería y lo acompañaba a la milpa, luego se negó a hacerlo y le ganó aversión. Pero no era una aversión cualquiera. Era un odio visceral que parecía comerlo por dentro.

Hijo no seás así, le decía ella. Tenés que ser agradecido. Mirá que Mario nos ha protegido como si fuésemos su familia. Acordate las penas que te he contado que pasábamos cuando tu papá de a de veras nos dejó.

Y es que entonces sí que la habían pasado mal. Por dicha, ella sólo un hijo le había concebido a aquel mal hombre que, con engaños y prometiendo el cielo y las estrellas, la había sacado de su casa. Entonces la Coyo era apenas una muchacha de quince años. Él un viejo de más de cuarenta. Pero su madre no se había opuesto. Al contrario. La animó a continuar la relación con el desgraciado, como ella lo llamaba ahora. Quizá porque entonces la mamá estaba desesperada y sin un trabajo estable, la dejaba salir con él y lo recibía en la casa. Igual que la Coyo, su madre lavaba y planchaba ajeno y se rebuscaba para dar de comer a los cinco hijos que le habían quedado sin padre, luego de que lo mataran en la guerra. Quizá fuera por eso que, pese a ser menor de edad y no tener apenas cuerpo para meterse con un hombre, su mamá la dejó ir con el viejo a los paseos a los que la invitaba los domingos, hasta que un día, como era de esperar, salió panzona.

El viejo se presentó en la casa, avisó a su suegra que se llevaría a la cipota, le pondría casa y la tendría bien. La madre sintió que había hecho un buen trato con aquel viejo que a la Coyo, sin embargo, le repugnaba.

Semanas después de nacido el hijo, se enteró de lo que era secreto a voces pero que nadie le había dicho. El hombre era casado, tenía familia en la capital y ella no era más que una de las tantas muchachitas a las que les había puesto cuarto en un mesón, donde —había que reconocerlo— al menos no le faltaba comida. Indignada, lo abandonó en cuanto supo el engaño, llevando consigo sólo las cosas del hijo. Pero, al llegar a la casa de la madre, ésta le salió al paso y la increpó. Vos elegiste tener marido, ahora hacele ganas. ¿Quién te mandó a andar de ofrecida?, le dijo.

Y la Coyo, como no le quedó más remedio, se devolvió lo andado con el hijo en brazos y regresó con la cola entre las patas, odiando a aquel hombre que, desde aquel día, no volvió a ser el mismo y la trató mal, sobre todo cuando estaba borracho. Entonces, comenzó a llegar cada vez menos al cuartucho que le servía de casa, hasta que un día no volvió. Ella se vio obligada a traba-jar de lo que fuera, sabiéndose mujer sola, a sus escasos dieciséis años, madre de un hijo y sin poder recurrir a la casa materna, donde no había lugar para dos bocas más. Fue así como comenzó a trabajar en la pupusería de la niña Adela, que le dio trabajo con la condición de que el niño no molestara ni la interrumpiera en sus quehaceres. Ella le ponía una hamaca a un ladito de la plancha, para que sintiera el calorcito del fogón y se durmiera mientras ella, con una mano daba vuelta a las pupusas y con la otra lo mecía. El niño creció pronto y ella comenzó a preocuparse porque éste, que ya daba sus primeros pasos, se fuera a caer dentro de la olla de chocolate o pusiera las manitas en la plancha hirviendo, de la que ella no se separaba hasta ya bien entrada la noche.

Por eso fue una bendición cuando conoció a Mario y éste comenzó a llegar a verla todos los mediodías. Siempre pedía que fuera ella la que le echara las pupusas. Dos revueltas y dos de chicharrón, ordenaba. Luego la invitó a salir y ella aceptó. Al fin y al cabo éste sí le gustaba y era más joven y, como se dio a la tarea de averiguar, no era casado ni se le conocían hijos. Pronto se fueron a vivir juntos y como él jugaba con el niño, éste lo llamó "papá" desde un inicio y con él se había criado. Por eso ahora ella no entendía por qué el muchacho, ya con los quince años cumplidos, había comenzado a retarlo. Le decía cosas feas que ella no alcanzaba a entender.

Al principio Mario se quedaba callado, pero después comenzó a enojarse y a responder con violencia a las agresiones. Llegó incluso a amenazar con irse de la casa si el cipote continuaba en ese plan. Y cuando ella le hizo ver al hijo que si seguía así, volverían a quedarse solos y sin nadie que los protegiera, éste respondió que era preferible, pues ese marido que ella tenía era un hijueputa. Sin embargo, la Coyo no se atrevió a increparlo. Bajó la mirada y pensó que de seguro, el cipote había visto cuando Mario la forzaba, que no era a menudo ni en sus cabales. Ocurría sólo cuando se emborrachaba y volvía mal.

De todas formas, tampoco podía reclamarle nada a Mario. Éste la habría mandado a volar. ¿Qué te importan a vos las babosadas que dice este tu hijo, que de seguro salió igual de desgraciado que el papá?, le habría respondido. Y ella no tenía ganas de estar oyendo gritos. Suficiente tenía con los reclamos que la gente le hacía, cuando le parecía que la ropa no estaba bien lavada, como para seguir con el pleito en la casa.

Aquella mañana, sin embargo, el muchacho se había levantado más temprano que de costumbre y, alegando que había conseguido trabajo de chapiador en un terreno cercano al pueblo, se había marchado bordeando el río. Perdida como estaba en sus pensamientos, la Coyo no se dio cuenta ni a qué horas la vecina se acercó a la pila en la que tenía ya algunos calcetines enjabonados y unas camisas a medio remojar. Cuando estuvo enfrente la mujer obligó al niño, que se chupaba los mocos y lloraba desconsolado, a que le soltara la falda de la que estaba prendido. Su hijo le pegó al mío, allá abajito, cerca del río, le dijo de mal modo. Dice mi hijo que no es la primera vez, agregó. Si vuelve a suceder, afirmó la vecina con tono amenazante, le diré a mi marido para que sea él el que venga a hablar con el suyo y se la venga a cobrar al cipote. Es una vergüenza que un bicho más grande le ande pegando a los más chiquitos, espetó la mujer con furia.

La Coyo la oyó sin pronunciar palabra. Observó al niño que no paraba de sorberse los mocos y se escondía tras la falda de la madre, pero no alcanzó a ver ningún golpe. Una vez hubo acabado de proferir sus amenazas, la vecina se dio la vuelta y se marchó sin despedirse. Tras suyo iba el niño. Corría descalzo y quejumbroso, intentando alcanzar a la madre para asirse de su falda. Entre sus piernas, el calzoncillo dejaba ver una mancha parduzca y un hilito de sangre que bajaba por el muslo. Sin perderlo de vista y sin darse cuenta de que la pila había comenzado a rebalsar el agua, la Coyo siguió restregando con fuerza los calcetines curtidos, como queriendo borrar la sombra que hacía mucho había comenzado a formarse en su cabeza.

# LA LLUVIA

La tarde estaba marchándose. Había sido fresca y aireada, como cuando una tormenta está instalándose. Las nubes habían comenzado a soldarse y el aire se había hecho transparente, casi igualando la luz. Había algo eléctrico gestándose en el ambiente.

La vi husmear por la ventana y caminar de un extremo al otro del pórtico. Su mirada sólo se desviaba, de tanto en tanto, para observar el cielo, confrontando el aire frío con los ojos cerrados y los labios entreabiertos. Era su forma de recordar.

Pero no era la primera vez que la veía hacerlo. La noche del accidente también la hallé escudriñando. Entonces tenía el rostro aceitunado, del color de las luciérnagas y los ojos vidriosos como de luna, como si éstos aún no se hubieran acostumbrado a la luz. Una luz que, al igual que a mí, aún le molestaba.

En aquella ocasión indagaba con la mirada atenta, al tiempo que con las manos parecía invocar una plegaria.

La casa, que le había pertenecido por más de una década, había sido construida con empeño. Muchas noches, durante sus largos desvelos, la observé en una de las ventanas superiores, con una taza de té humeante. Lloraba y se cruzaba la frente con la mano, como queriendo borrar de ella pensamientos oscuros o malos presentimientos. Aquella, más que una propiedad, había sido un trozo de su vida. En ella habían nacido sus hijos y ella había sido, dentro de todo, feliz.

La conocí cuando aún la habitaba. Ella misma me la había mostrado, pretendiendo hacerme creer que pertenecía a alguien más. Pero yo supe de inmediato, por el color de las cortinas y las tonalidades de los muebles y alfombras, que era suya. Sintió vergüenza cuando se lo pregunté y aunque tuvo el impulso de negarlo, se limitó a decir que aquel era un barrio adecuado para mí y que debía decidir pronto. No pasó mucho tiempo antes de que lo hiciera.

Por eso aquella tarde, más que por mí, que no tenía nada que perder ni nadie a quien extrañar, me acerqué cuando la vi rondando. Era probable que necesitara hablar con alguien. Las cosas habían ocurrido con excesiva velocidad y era probable que la confusión aún la hiciera sentirse aturdida. Las luces, la lluvia, el intenso dolor, luego la oscuridad. Sintió miedo, dijo. Por eso quiso volver. Verificar las cosas. No conseguía abandonarse al descanso.

Sentía rabia y angustia. Había dejado tantas cosas sin hacer y tantas otras sin decir que pensó que, a lo mejor, si volvía, podría concluir lo pendiente y marcharse sin remordimientos. En todo caso, no era su culpa, agregó. No había cometido errores, siempre había sido precavida, siempre había estado atenta mientras conducía. Quise decir algo, como que estas cosas pasan, que los accidentes ocurren, que no era culpa suya ni mía, pero me di cuenta de que eran frases vacías. Me pidió ayuda. Que tocara el timbre, que pidiera que le abrieran la puerta, una ventana, algo por donde pudiera entrar. No importaba que no la vieran, eso era lo de menos, dijo. Lo que ella deseaba era tan sólo que la sintieran. Estaba segura de que sus hijos, la menor al menos, iba a reconocer su aroma.

Tuve que decirle, sin embargo, que lo sentía mucho, que a mí tampoco me era posible hacerlo. Se puso triste. Que lo entendía, dijo a manera de excusa. Que había sido de mal gusto pedirlo. Intentó darme una palmada en la espalda, pero un frío viento se dejó sentir entre nosotras, atravesándonos.

Me senté junto a ella sobre el muro que divide la calle del jardín interno de la que había sido su casa, aquel que mientras ella vivió ahí, permanecía siempre lleno de flores. Suspiró con tristeza. El día se había puesto azul y el viento había comenzado a soplar pesado. En cualquier momento la lluvia comenzaría a caer y yo debería marcharme, le advertí. No tuve el valor, sin embargo, para decirle que ella también tendría que venir conmigo. ¿Quién cuidará de ellas ahora?, dijo de pronto para sí. Pero yo no entendí a qué hacía referencia. Los ojos, que cobraron el color de las nubes, se le humedecieron. Hablaba de las flores. Era ella quien las regaba todos los días, a buena mañana, antes de irse al trabajo, dijo. Se había negado a contratar a un jardinero, porque disfrutaba hacerlo ella misma. La sensación de alimentarlas le daba vida. Además, argumentó, los jardineros no ponían nunca amor a los jardines, salvo cuando eran propios o de alguien a quien amaban. Y como ella deseaba que el suyo estuviera siempre lleno de lirios y agapantos que en este clima, según había aprendido, eran posibles con excepción del verano, que era caluroso en extremo, ella, con sus manos, los había cuidado siempre. Los había sembrado ella misma y los había resguardado de plagas y bichos. No obstante, ahora lucían marchitos.

De pronto, desde una ventana tras nuestro, una luz iluminó el jardín. Se incorporó de inmediato y asomándose, observó a un muchacho delgado y alto, con el cabello desgreñado, que había entrado en la cocina. Hambriento, buscó algo de comer en el refrigerador. Detrás de él entró una mujer, también delgada, con el cabello recogido en cola. Ambos se sentaron a la mesa.

No nos fue posible escuchar la plática, porque la lluvia que había comenzado como una capa de polvo, ahora caía nutrida y escandalosa. Ella se los quedó mirando. Comprendió todo en un instante. El accidente, el golpe, sus hijos en el asiento trasero. Mi presencia junto a ella. Sus ojos se oscurecieron como la noche tras un relámpago. Dos lágrimas corrieron aceleradas por su cuello.

Es hora de irnos, dije. A lo mejor, si caminamos juntas, logremos aún encontrar el camino. Ella, en silencio, me siguió.

# EL ESTRENO

El sol recalentaba las piedras del camino. La Jesenia corría. Saltaba de sombra en sombra, procurando enfriarse los pies que se le cocían entre el piedrín y el polvo caliente. Era la única que no usaba uniforme. En sus manos llevaba un cuaderno de páginas ralas y en la bolsa un lápiz pequeñito de tanto sacarle punta. Al llegar a la escuela se refregó los pies. Quiso quitarse el polvo para que no se fueran a burlar de ella. Cuando lo hacían, se resguardaba tras el cuerpo costilloso de Nelson para que no la vieran llorar.

Que no les hiciera caso, le decía él entonces. Que las bichas la molestaban porque eran sin oficio. Que cuando la mamá pudiera le iba a comprar zapatos. Como los de ellas, pero más bonitos.

Por las tardes la Jesenia daba maicillo y agua a las gallinas del corral de la tía. Nelson llevaba las mulas al río. Había que tener cuidado. Aquellos animales eran ariscos y más de una vez lo habían tirado al suelo.

A ellos no se les repartía crema para el almuerzo. Y nada de andar velando el queso y la leche que se tomaban las primas. Agradecidos debían estar que se les daba de comer.

Aquella tarde, calurosa a pesar de ser diciembre, los mosquitos habían comenzado a formar nubes cuando se fueron corriendo calle abajo. Era difícil espantárselos. Sólo con el humo de un cigarro se podía. Pero la mamá se los tenía prohibido. Por eso ella tosía y tosía por las noches, como si se le fuera a salir el alma. A veces sacaba sangre. Trabajaba la milpa desde tempranito hasta bien entrada la tarde, y a veces les llevaba frijoles y maíz.

Se espantaron los moscos con hojas de guineo. Siguieron bajando el empedrado. La Jesenia se detuvo frente a una pila de olotes y hojas de milpa. Nelson la llamó sin dejar de correr.

¿Qué te pasa? —le gritó varias veces. Pero ella no pareció escucharlo—. Te voy a dejar atrás —volvió a gritar, arremangándose el pantalón—. Ella lo siguió. Llevaba en las manos un par de zapatos amarillos. Con las uñas les fue quitando el lodo.

La mamá se los remendó con pita y les puso suela de caite.

Aquel primer día de clases la Jesenia iba feliz. Las piedras ya no le lastimaban los pies y el polvo ya no la quemaba.

En el recreo, Nelson la encontró escondida detrás de un palo de mango. Sus pies removían la tierra con rabia. La prima la había llamado ladrona. Todos se habían burlado de ella.

— No llorés —le dijo, con los ojos aguados—. La otra navidad la mamá te va a comprar unos más bonitos.

# ESPEJOS

Había estado en esta habitación. Amplia, alfombrada, octagonal, le pareció siempre extraña. Al centro, una cama ancha y cómoda. Pero no era hasta ahora que se enteraba de que, lo que ella había supuesto espejos extensos e inclinados, en los que su amante la hacía observarse —la espalda tensa, las piernas soportando su peso, mientras su pene erecto la penetraba—, no eran sino ventanas. A través de ellas, había sido observada las tantas veces en que, abrumada por el deseo, lo había dejado gozar lentamente y en diversas posiciones. Su amante convertía el dolor en placer y el sometimiento, en una especie de ritual a través del cual ella se transformaba en otras mientras él le susurraba al oído pequeñas fantasías.

Aquel día, mirando los espejos y las sombras que se develaban, comprendió que, cada vez que él la había desnudado, acariciado sus senos y abrazado por la espalda, al tiempo que se contraminaba contra sus nalgas, había sido presenciada por esos hombres que ahora permanecían de pie junto a los espejos. Allí, donde su amante la había depositado luego de arrancarle las ropas y, sobre la cual, ahora la acariciaba sin parecer importunado por la presencia de los extraños.

Extraños al menos para ella, porque había visto, cuando estos comenzaron a entrar uno a uno por la pequeña puerta lateral, que él los conocía de sobra. Él les había sonreído y ellos le correspondieron el gesto. Entonces, su amante había continuado aturdiéndole el cuerpo con sus caricias y suaves mordiscos en el vientre y los senos. Me envidian, le había dicho al oído, al tiempo que le introducía el pene tan erecto que ella sintió como si sus carnes se adherían a éste, conformándolo como parte de su piel. Un pequeño gemido se escapó de su boca y percibió cómo los hombres, que ahora habían se habían acercado un poco a la cama, se remecían con cierto escalofrío, mirándose unos a los otros. Al tiempo, su amante sonreía deleitado con la vista fija en el respaldo de la cama y los puños apoyados sobre el colchón a cada uno de sus costados. Entonces, ella levantó ambas piernas instintivamente. Sintió menos temor que el que la desbordó al verse desnuda y reflejada, no sólo en los espejos de la habitación, sino también en las miradas lascivas de aquellos hombres. Algunos mayores, otros jóvenes, la observaban sin que sus miradas llegaran a encontrarse con la suya. El juego la había seducido. Ahora se sentía reina, un objeto deseado, agua entre tantos hombres que la veían con sed y deseos de tomarla y no podían más que conformarse con mirar, cómo su amante se satisfacía con su cuerpo, enredando sus piernas alrededor de su espalda, apretando sus glúteos con sus tobillos y succionándole los pechos con tal fuerza que obvios quejidos se escapaban de sus labios, aprisionados por los dientes tensos de su amante.

Él, esta vez, contrario a los encuentros anteriores, se mostraba brutal y se deleitaba en hacerla sufrir, contrayendo con fuerza sus nalgas contra su sexo y llenándola de tal forma que imaginó que todos los hombres que la observaban contraerse de placer, la estaban penetrando a un mismo tiempo. Cuando su amante por fin cayó extenuado sobre su pecho, buscando en él el abrigo y la calidez que no había sido capaz de proveerle, ella se encontró a sí misma sonriendo a los hombres que ahora se abalanzaban sobre la cama con el deseo instalado en el rostro. Y mientras su amante se incorporaba, dejándola entre las sábanas, cerró los ojos, decidida a no reflejarse en los espejos superiores y ver, cómo numerosas manos iban apoderándose de su cuerpo desnudo.

# CAOS

A temprana edad descubrí un paliativo para la soledad. Lo encontré en forma de fotos en una revista de tapas oscuras e imágenes a color. En ella aparecían mujeres desnudas y en posiciones extrañas. ¿Cómo podía una mujer agacharse de esa forma y seguir siendo hermosa?, me pregunté.

Con detenimiento analicé una y otra vez las fotografías y los cuerpos que aparecían en ellas. Les contemplé los ojos pintados con colores estridentes y la boca carnosa. La mirada arrogante de párpados entrecerrados decía mucho, sólo que yo no comprendía qué.

Encontré aquella revista entre los manuales de derecho de la pequeña biblioteca que papá había conservado tras cerrar el despacho, el cual había representado su mejor época como abogado al servicio del gobierno. En esa habitación solía encerrarse horas, durante las cuales estaba terminantemente prohibido interrumpirle.

Imaginé que papá había dejado la revista a mi alcance por descuido y yo, que siempre procuraba inspeccionar sus cosas en un afán por descubrir sus entresijos, la había encontrado y guardado bajo mi cama.

Por las noches, aprovechando las eventuales salidas de mis padres, la hojeaba encerrado en el baño, después de que la sirvienta se retirara a su habitación a planchar mientras escuchaba baladas románticas en la radio. Luego permanecía despierto, sintiéndome culpable por algo que, aunque desconocía, sabía pecado.

Aquel descubrimiento que, por egoísmo y precaución jamás compartí con mis hermanos, me hacía temblar y regocijarme, al tiempo que me provocaba angustia. Era consciente de tener entre las manos algo que era sagrado y al mismo tiempo profano, cuyo efecto tenía el poder de interrumpir la vida. Había en mí una angustiosa urgencia de hacer y, sin embargo, no sabía por dónde comenzar.

No pasó mucho tiempo antes de que la revista, que había sido mi delicia y mi culpa, desapareciera de su escondite. Sospeché de mis hermanos y temblé. Estaba seguro de que me acusarían con papá. Pero luego de una semana nada ocurrió.

Años más tarde comprendí que aquella había sido la forma en que papá había iniciado mi educación sexual.

# BERNICE

Fingía leer cuando escuché los primeros gemidos. Provenían de la puerta ubicada al final del pasillo. Yo, que los conocía de sobra, podía imaginar lo que ocurría ahí dentro. Con los ojos puestos sobre las líneas cuyos símbolos y anotaciones al margen ahora me parecían gusanos, permanecí callado y absorto. Podía sentir, cada vez con mayor intensidad, cómo mi corazón bombeaba. Experimenté miedo y rabia.

La música que los otros hicieron sonar estridentemente, me impidió seguir escuchando. No supe si agradecer o protestar pues, como fuera, yo tenía fascinación por sus quejidos.

De pronto, en el silencio eterno que existe entre una canción y otra, el rechinar de la puerta me hizo saltar de mi asiento. Francisco, desnudo de cuerpo y pies, con los ojos desorbitados, balbuceó que Bernice había muerto.

Nos miramos unos a los otros y, sin preguntar nada, porque todos imaginábamos lo que ahí adentro había pasado, corrimos al dormitorio. Alguien tropezó con la mesilla de las flores y tiró el jarrón al suelo, quedando éstas desperdigadas y la alfombra húmeda.

Francisco y Bernice habían permanecido encerrados durante horas en la habitación que yo conocía de sobra y que siempre me había parecido pulcra. Me estremeció pensarla acalorada y empapada de sudor, entre las sábanas limpias o tirada sobre el medallón de flores de la antigua alfombra Aubusson.

Nos tomó tiempo acostumbrar la vista a la penumbra que absorbía la habitación. La ropa de Bernice y sus artefactos estaban esparcidos. Yacía boca abajo sobre la cama, el cabello desordenado sobre la almohada, con una expresión que la hacía parecer dormida, como esperando.

Le tomé la muñeca derecha. Sentí cómo su piel aún conservaba el calor placentero que un día experimenté en ella. Su esencia me tensó. Recordé las escasas tardes en su cama, cuando aún había viento y nos arropábamos con el edredón de plumas que Francisco le había regalado. Después de ese invierno, todo acabó.

Francisco me arrebató su mano, como si adivinara mis pensamientos y la cargó desnuda hasta la estancia. Supongo que a falta de una idea mejor, la sentó a la mesa.

Recogí las flores que habían quedado desperdigadas sobre el parqué y las coloqué en un vaso. Bernice las había comprado por la mañana en el mercado y, luego de disponerlas una a una en el florero, les había procurado agua fresca. El calor había abierto sus pétalos que ahora estaban pisoteados.

Francisco fue a la habitación de Bernice y trajo el cobertor de plumas para cubrirla. Dijo que quería evitar que sintiera frío. Yo, sin embargo, la imaginé jadeante y marchitándose ahí adentro por el calor del verano.

Ninguno durmió esa noche. Y aunque el sol de la mañana nos devolvió a la vida, obviamente no ocurrió lo mismo con Bernice. Algunos tomaron un baño y luego de mascullar alguna excusa, abandonaron la casa. Otros lo hicieron sin siquiera despedirse.

Al medio día sólo Francisco y yo permanecíamos en ella. Yo me refugié en mi manual y Francisco en su melancolía.

Después de un par de días, pretextando que el calor aceleraría la descomposición del cuerpo, convencí a Francisco de quitarle el edredón de encima. Pude entonces admirar a Bernice por última vez, justo cuando la ruina comenzaba a arrancar su belleza.

Tres días más tarde, un pestilente olor invadió el apartamento y yo comencé a desesperarme. Francisco, sin embargo, no hizo nunca un comentario al respecto. Debió pensar que hacerlo, habría sido denigrante para Bernice y calló. Pero él, que sabía dónde guardaba sus perfumes, se los bebió hasta la última gota. Yo, en cambio, tuve que conformarme con su olor a podredumbre.

Por la mañana la cubrimos con bolsas negras. Las moscas comenzaron a buscar el cuerpo insistentemente. Pude darme cuenta de que Francisco, contrario a mí, estaba celoso. Intenté persuadirlo de que ella no sentía nada, pero insistió en que las minúsculas patitas hormigueantes debían producirle escozor en la piel y a lo mejor, dijo, hasta dolor. Lo dejé intentar acabar con ellas una a una, con un periódico, con las manos, hasta que se convenció de que era imposible. Llegaban en tropel, atraídas al principio por el olor de su carne, luego bullían del cuerpo.

Dejamos que la suerte decidiera quién saldría a buscar comida. El refrigerador ya estaba vacío y yo me negaba a que las flores marchitas, última memoria de la existencia de Bernice, sirvieran de alimento. Sospecho que Francisco la acariciaba cuando yo salía, porque al volver encontraba siempre las bolsas colocadas de distinta forma y en ocasiones algunas larvas en el suelo.

Fueron ellas, las moscas y las bolsas, las que me salvaron de presenciar la humillante transformación que sufrió Bernice en el transcurso de las semanas siguientes.

Poco a poco se hacía vidente que su cuerpo ya no podía sostener los plásticos que la cubrían, así que las bolsas comenzaron a sostenerla y la alacena se convirtió en osario.

A principios de agosto la temperatura descendió y Francisco comenzó a distraerse viendo televisión la mayor parte del tiempo. Por mi parte, me dediqué a repasar las instrucciones anotadas por Bernice, con el fin de asegurarme de haberlas cumplido una a una. En aquellas letras que antes me habían parecido indescifrables, yo lograba encontrar la intimidad que, era evidente, Francisco había dejado de sentir con ella. Los tallos de las flores seguían aún en el vaso, pero el agua se había consumido por completo.

Tal como había ocurrido desde hacía tres otoños, el tercer miércoles del mes de agosto, una lluvia torrencial barrió con toda la ciudad. El frío se acentuó como si las puertas de un inmenso congelador se hubieran abierto. Vi a Francisco dirigirse a la habitación del fondo y volver trayendo entre los brazos el edredón que había guardado hacía semanas. Pensé que se lo llevaría y se marcharía por fin, pero se acostó en el sillón de la estancia frente al televisor y se arropó con él.

En silencio empaqué mis cosas, entre ellas, el enorme manual forense en cuyos márgenes Bernice había dejado plasmada su letra incomprensible. Sin decir palabra, cerré la puerta. Francisco me observó por la ventana. En sus ojos pude ver cierto odio que yo también correspondí. Su conquista consistiría en quedarse junto a ella, me dije. La mía, en cambio, en haberla ayudado a escapar.

# TU MARIDO NOS OBSERVA

Haló la inmensa caja sobre la cual había polvo depositado. La abrió con impaciencia y sacó la máquina de as-
pirar. Hacía semanas que no la utilizaba, pero los niños
habían embarrado de lodo la alfombra el fin de semana.
Era una tortura tener que hacerse cargo de estas minu-
cias. Desde que había renunciado a su trabajo para
quedarse en casa con los niños, se había convertido en
una empleada doméstica. Ahora su vida carecía de
sentido. Hacía las mismas cosas todos los días, una y
otra vez. ¿Para qué? La ropa sucia jamás cesaba, tampoco los platos llenos de grasa y los baños mojados. Su
existencia se perdía en una espiral de hechos que se
sucedían absurdamente.
Definitivamente no era ésta la vida que había pensado
para sí. Pero nadie le advirtió, nadie le dijo que el matrimonio era una carga tan inmensa. Peor aún con hijos, con
quienes se sentía verdaderamente atada, ya que eran una

responsabilidad imposible de evadir. Ella había deseado sólo dos, pero su marido era insistente y no estaba feliz con las dos niñas que tenían, así que la forzó por un tercero, que resultaron siendo dos. Ahora, con cuatro, era imposible pensar en volver al trabajo, menos en continuar sus estudios. No podía siquiera sentarse a leer un rato, porque de inmediato los niños, que estaban siempre pendientes de ella, comenzaban a batallar, a lanzarse cosas, a perseguirse por la casa hasta que se escuchaba un golpe y después un llanto. Estaba harta. No quería más. ¿Pero, qué podía hacer?

El sonido intenso del motor de la aspiradora la devolvió de sus pensamientos. Había demasiado lodo. ¿Cómo era posible que su esposo no hubiera obligado a los chiquillos a limpiarse los zapatos al entrar del jardín, si sabía que había caído una fina lluvia durante la noche? Ella se había enfurecido y él le había volteado a mirar indiferente. Después de eso, estalló en llanto, llena de frustración y de ira, pensando la forma de evadir esta existencia que tanto la disgustaba.

Y cuando él, por la noche, se acercó para acariciarle el vientre, ella lo rechazó con fuerza y él se enfureció. Estaba cansada, se sentía menospreciada, dijo. A nadie le importaba que se doblara la espalda durante el día y era el colmo que él esperara que estuviera de ánimos para retozar en la cama. Él tomó sus sábanas y se fue a dormir al sofá. Ella se sintió aliviada. De esta forma pudo llorar cuando quiso, hasta quedarse dormida.

A la mañana siguiente hubo que levantarse temprano, como todos los días, preparar loncheras, despertar niños, vestirlos, obligarlos a desayunar, luchar con alguno que se negaba a lavar sus dientes, subirlos al coche e irlos a dejar al colegio, sin tiempo siquiera para cambiarse el pijama. De regreso, mientras conducía, pensaba tan sólo en la cantidad de barro que la esperaba sobre la alfombra y en los malabares que tendría que hacer para desmancharla.

Se dirigió al lavadero y cuando estaba a punto de verter el jabón en un recipiente, sonó el teléfono. Se lavó las manos a prisa y corrió hasta él.

Reconoció la voz y sintió un pequeño escalofrío que le recorrió la espalda. Pensó colgar, inventar que estaba por salir, que no estaba de ánimos para esas cosas, que estaba estresada porque era posible que la mancha no saliera y que no tendrían dinero para comprar una alfombra nueva. Que al menos eso decía su marido, que sin embargo se obsequiaba con varias cervezas a la semana y un televisor nuevo inmenso para ver sus partidos de fútbol. Pero en el teléfono la voz insistió. La llamó linda, le dijo que la había extrañado el fin de semana. Le preguntó cómo había dormido la noche anterior. Y ella respondió que no muy bien, que se la había pasado llorando, por lo de siempre, por esta absurda vida que estaba viviendo y de la cual no encontraba manera de huir. Que de todas maneras no podría hacerlo porque no tenía forma de llevar a sus hijos con ella. Y que tampoco podría dejarlos, ¿quién cuidaría de ellos? Notó que, después de tanto lamentarse, se sentía aliviada, porque por fin tenía alguien a quien poder contar sus penas y que la escuchara con paciencia y respondiera con ternura, acariciándole el rostro, las pocas ocasiones en que estaban cerca, besándole los labios despacio.

—Tranquila —escuchó por fin que le decía al otro lado del teléfono, con tono pausado y dulce—, las cosas no siempre están tan mal como las vemos. Verás que todo se arregla. ¿Qué estás haciendo?

Y ella le contó de la alfombra, de los puñados de lodo y barro que tendría que limpiar y de las manchas que no salían.

—Dime, ¿qué llevas puesto? —preguntó la voz tomándola de improviso. Pero ella sintió que no estaba de ánimos para eso.

—Aún llevas el pijama, ¿no? —insistió la voz.

— Sí—respondió ella con hastío—. Pero debo colgar.

—Aún no. ¿Llevas ropa interior? —preguntó.

Y aunque a ella le pareció que se trataba de una pregunta trillada, respondió que no y de súbito sintió que algo se le encendía por dentro, como una especie de corriente que le recorría el vientre.

—Duermo sin ella, lo sabes —agregó.

—Bien, quiero que te la quites.

Un suspiro se escuchó al otro lado del auricular.

Ella obedeció sin saber por qué, pero sintió el deseo de hacerlo y soltó uno a uno los botones.

—Me gustas mucho, ¿lo sabías? —continuó la voz—. Ahora acaríciate despacio. Piensa en mis manos, imagina mis dedos en tu piel.

Y ella lo hizo tal cual, cerrando los ojos para poder sentir a cabalidad el roce de sus propias manos en sus pechos y pudo percibir como éstos iban irguiéndose y se lo dijo.

—Ahora —dijo la voz, luego de un largo momento durante el cual ella se acarició el cuello y el rostro—, quiero que bajes un poco el pantalón del pijama y te observes el vello. Dime, ¿es oscuro?

Ella contestó que sí.

—Acarícialo —le ordenó.

Y ella lo hizo, como impulsada por algo que la superaba en fuerza.

—Acaríciate entre las piernas. ¿Estás húmeda?

Ella afirmó a penas con un murmullo.

—Ahora quítate la ropa. Cierra los ojos. Imagina que mi cuerpo se une al tuyo. ¿Puedes sentirme? Tus senos se rozan con mi piel. ¿Lo sientes?

Y ella recordó la vez en que se habían encontrado en el gimnasio, cuando aún tenía tiempo para ir, antes de que la vida se le complicara y comenzara a percibir la horrorosa pesadez de estar viva. Recordó la afinidad extraña que había experimentado, algo que a la fecha aún no podía explicarse y cómo habían vuelto a verse varias veces hasta que por fin, no le había quedado más remedio que admitir aquella intensa atracción.

—¿Estás ahí? —le preguntó la voz al otro lado del auricular.

—Pensaba en ti —contestó ella agitada.

—¿Quieres que sigamos? —quiso saber su amante.

—Sí, quiero —respondió suplicante.

—Cierra los ojos y piensa en mis labios y mis manos. Imagina que tu marido nos observa...

# UN GATO EN MI JARDÍN

Aunque podría jurar que escuché el sonido de la ducha al entrar, a veces pienso que lo imaginé. Durante todos estos años de encierro, mi mente ha creado fantasmas como una forma de expiar culpas.

De lo único que estoy segura es de lo que consta en el expediente del juzgado que mi abogado me ha hecho llegar en fotocopias.

Sé que durante años nadie más lo ha leído. Yo, en cambio, lo releo de tanto en tanto en busca de algún detalle que hubiera podido pasar por alto. Alguna fecha que no coincida. Algún evento olvidado. Algún detalle imposible. Pero nada en esas páginas me dice lo que en verdad ocurrió aquella tarde.

Jamás olvidé la impresión que me causó ver aquel apartamento, usualmente pulcro y ordenado, con papeles esparcidos sobre el piso y las sillas volteadas y arrojadas a muchos metros de la mesa. Había ceniceros reventados de colillas y el olor de humo de cigarrillo hacía desagradable el ambiente. La alfombra mullida también contribuía a mantener la fetidez.

En el cuadernillo empastado sobre el escritorio, pude leer "veinticuatro de octubre". El año se había borrado, por efecto del agua derramada sobre el mismo.

Recordé que Alberto guardaba tras la repisa un arma cargada. La encontré en su sitio y engastada en la funda. Fue esto lo que me hizo temer lo peor. Sin embargo, no sentí valor para tomarla y la dejé en su sitio. Estaba consciente de que, cuando no se ha manejado armas, como era mi caso, tener una en la mano podría ser lo último que hiciera.

Alberto había vuelto la noche anterior de un viaje. Misterioso, como siempre, no había respondido mis llamadas. Sus viajes eran, la mayoría de las veces, inesperados. Nunca decía dónde ni con quién iba. No era raro verlo partir a deshoras al aeropuerto, llevándose nada más que lo puesto. Por ello, decía, andaba siempre consigo el pasaporte y las tarjetas de crédito. Días más tarde, a veces semanas, volvía tan repentinamente como se había marchado. Anunciaba que se quedaría durante meses, así fuera que le pusieran un arma en la frente. Pero jamás cumplió. A los pocos días reemprendía sus viajes, durante los cuales solía telefonear para recordarme dar de comer al gato y pagar las cuentas. Por eso tenía en mi poder un juego de llaves.

Durante su ausencia solía pasar por su apartamento después del trabajo. Lavaba el minúsculo plato metálico que tenía el nombre del gato grabado en un costado, vaciaba la lata de alimento, lo acariciaba durante algunos minutos y me marchaba.

Jamás vi nada fuera de lo común y así lo hice constar en mis declaraciones.

Una tarde, sin embargo, me pareció escuchar una puerta cerrarse a mis espaldas. Recorrí la casa. Subí al segundo piso. Revisé las habitaciones y las puertas. Y, como no encontrara nada, decidí olvidar el incidente.

Mientras Alberto estaba fuera también me encargaba de recoger la correspondencia, dejándola sobre el mueble de la cocina, de donde sabía la tomaría al volver. Sin embargo, tengo la total certeza de que la semana previa, los sobres desaparecieron de la repisa. Los busqué por todas partes en la creencia de que el gato podría haberlos desperdigado. Pero éstos habían desaparecido.

Una tarde, contrario a lo que siempre ocurría, el gato se negó a comer. Tuve miedo de que estuviera enfermo y lo llevé al veterinario, quien me aseguró que todo andaba bien con el animal.

Un par de días después, al encontrar latas vacías de comida en la basura, descubrí que alguien más lo alimentaba. Yo sabía que Alberto tenía muchos amigos.

Supuse entonces que había enviado a alguno, por temor a que yo lo hubiera olvidado.

Y es que Alberto era así. Un tipo extraño de quien poco podía decirse. De ésos a los que las ciudades terminan por amalgamarlos. Se vuelven todos iguales, sin llegar a saber nunca qué de verdad hay tras de ellos. Cualquier ciudad era chica para él. Jamás saciaba sus deseos de nuevas experiencias. Tenía el alma llena de gente e ideas. Y, sin embargo, amaba vivir en esta pequeña urbe desde donde controlaba su existencia y la de otros.

Durante los interrogatorios me preguntaron dónde nos habíamos conocido. Pero no atiné a dar respuesta. Habría sido en alguna reunión de trabajo o acaso en alguna fiesta. Lo cierto es que Alberto era de las personas que uno veía en los lugares usuales y se asumían como conocidas, hasta que una noche se paraba hablando con ellas de cosas y lugares comunes, para terminar en la cama. Ocurrió una vez tan sólo. Luego, ninguno de los dos volvió a mencionar el tema.

Me di cuenta, cuando me pidieron contestar ciertas preguntas sobre su vida, que no sabía nada de él. Jamás conversamos sobre algo profundo o personal. No fueron pocas las ocasiones en que paré durmiendo en su cama luego de alguna fiesta, y él en el sofá del cuarto adjunto. No niego que a veces me exasperaba que siempre tuviera prisa. Las más de las veces espetaba un par de frases incoherentes, dejándome con la palabra en la boca al marcharse.

Aquella tarde caminé entre el desastre y encontré al gato apoltronado en la bergere de siempre. Al mirarme, el animal se sobresaltó. Corrió a esconderse bajo la mesa, como si temiera el regreso del autor de aquel desastre. Me tomó varios minutos convencerlo de que saliera. Cuando lo hizo, le acaricié el lomo y lo dejé ir para poder seguir recorriendo la casa.

Revisé la habitación de servicio y la cocina. Todo parecía estar en orden. En la lavandería encontré una ventana abierta por la que se filtraba el aire intenso que esa tarde había comenzado a asediar las calles. La cerré con esfuerzo. Era raro no haberla notado antes pues cada tarde, antes de abandonar el lugar, revisaba con especial minuciosidad las ventanas.

Fue entonces cuando reparé en el ruido que a mí me pareció una ducha corriendo. Podría jurar, tal cual lo hice en mis declaraciones, que corría agua en alguno de los baños del segundo piso, sin atinar a decir en cuál. El gato también debió escuchar. Lo vi girar las orejas como intentando recoger el sonido. Volví a preguntarme cómo un hombre maniático de la limpieza, como Alberto, podía vivir con un animal apático que llenaba de pelos todo cuanto rozaba. Tampoco sabría decir en qué momento lo adquirió. Cuando lo conocí, no tenía animales.

Jamás me interesó saber de dónde vino. Lo cierto es que la bestia gozaba de privilegios que a mí nunca me fueron ofrecidos. Estaba acostumbrado a dormir en la cama. Y las noches que debí dormir en ella, buscó enrollarse en mi cuello, creyendo que era a su dueño a quien mimaba.

Subí las escaleras. Sentí los tacones sumirse en la alfombra. Me tomé del pasamano que crujió halado por mi peso. Me quité los zapatos. La alfombra estaba húmeda. Me pareció raro. Era imposible que estuviera así desde hace días, pensé. Lo habría notado. El sonido de la ducha cesó. Permanecí callada. No supe si seguir o retroceder. El silencio zumbó en la casa. Un ruido sordo invadió mis oídos. Mi corazón latió con fuerza. Miré escaleras abajo. El gato había desaparecido.

Descendí un par de escalones. Busqué recuperar el aliento. No había nadie en la casa. No podía haberlo, me dije. Había acudido tarde con tarde. Lo habría notado. Si hubiera alguien, se habría mostrado. Habría huido. Me habría tirado escaleras abajo. La casa estaba vacía. Debía estarlo, me repetí al tiempo que la humedad en mis pies comenzó a molestarme. Avancé.

El pasillo que conducía a las habitaciones era oscuro. Me costó acostumbrar la vista. Me dirigí a los cuartos. La habitación de huéspedes estaba vacía. El baño también. Recorrí el pasillo en sentido contrario. La habitación de

Alberto se encontraba al fondo. Entré. Comprobé que todo estaba en orden, pero la puerta del baño estaba cerrada.

Caminé hacia ella. Tomé la chapa. La giré con fuerza. La manecilla cedió. La luz que se filtraba por las ventanas y se reflejaba en los azulejos me cegó. La tina de patas leoninas volvió a llamar mi atención. Según Alberto, había sido ésta la que lo había hecho decidirse por el piso. La habitación me pareció más limpia que de costumbre. Las toallas estaban en su sitio. Los frascos ordenados por tamaño. No había fugas de agua. Ni duchas encendidas. Ni nada que causara sospecha.

Me dispuse a salir. Algo se movió en la bañera. Me aturdió un nuevo golpe de sangre. La luz se incrementó. Sentí que el corazón iba a estallarme. Me acerqué. Estiré la mano. Quise correr la cortina. Algo se enredó entre mis piernas, haciéndome caer al suelo. El gato me había seguido. Me miró asustado. Me levanté como pude. Corrí fuera. Atravesé la habitación. Corrí por el pasillo y escaleras abajo hasta cerrar la puerta tras de mí, olvidando mi bolso, mis zapatos y el juego de llaves.

Sé que debí de haber sido más cuidadosa. Supongo que el animal aprovechó mi turbación para escapar aquella tarde. Es algo sobre lo que no tengo certeza. Tampoco sabría explicar la muerte de Alberto. Ni la sangre en la alfombra, ni su cuerpo sin vida en la bañera. Ni por qué, días más tarde, encontraron al gato enterrado en mi jardín.

# ANDROIDE NACIONAL

No podía dejar de sentir la vibración en el cuerpo. No lo había tocado ni uno solo de los pedacitos de metal que habían cuarteado matas de guineo y palos de tamarindo. Ni una herida, por pequeña que fuera, le había sido causada. Entonces, ¿por qué no podía olvidar el zumbido que en sueños la hacía llamarla? Y no la volvió a ver. Al menos no como él habría querido recordarla: echando tortillas y regañándolo por perseguir a los pollos para sacarles los ojos con un clavito oxidado.

La cámara lo filmaba de cerca. Lo que más resaltaba era su rostro sudoroso con la mirada enrojecida y fija en algún punto en el aire. El reportero, sin apartar el micrófono de su boca gruesa, hacía preguntas que no llegaban a escucharse en la televisión. En diversas ocasiones le habían preguntado lo mismo, al menos en sus pesadillas más vívidas y en sus borracheras que luego no recordaba ni lamentaba. Comenzó a responder por inercia. Fijo en un punto, hablaba como si se tratara de un discurso aprendido y repetido cientos de veces: Soy un androide diplomático especializado en técnicas de seguridad militar.

Desde niño fue así. Travieso y con unas grandes ganas de hacer algo. Lo que fuera pero algo. No quedarse en el caserío que le había servido de pueblo, de ciudad, de mundo, donde no pasaba nada, donde la única evidencia del transcurrir del tiempo era las sombras de los mangos que avanzaban sobre el piso de tierra del patio de la casa de varas. Ahí, donde una vez el sol había dejado de calentar el aire o la brisa tardía había comenzado a soplar, correteaba con sus hermanos. Desde entonces jugaban a las balaceras y a las minas. No le gustaba ser el herido pero, por ser el menor, casi siempre le tocaba quedarse en una silla con las piernas dobladas simulando un muñón o con la mano vendada y teñida con el último culito de café que quedaba en la olla antes de que la mamá la lavara. Fue por aburrimiento que se inventó amarrar el hilo de nylon con que su papá hacía los corralitos para las gallinas. Amarraba un extremo a una mata de guineo y el otro a un montón de huacales que apoyaba en las ramas de un almendro. Cuando su mamá o sus hermanos pasaban llevando la masa del molino, corriendo a hacer un mandado o con los cántaros del agua del pozo que les vendía la niña Marta, los cumbos se les venían encima. Se ponían furiosos. Lo llamaban a gritos. Lo puteaban. Y él se reía en silencio, detrás del lavadero, doblado del gusto de sentirse más listo que los otros, a los que les llevaba tiempo encontrar la manera de soltarse del nylon que los aprisionaba junto a los huacales de plástico.

Soy un androide militar con una misión determinada por un ente superior al que no es posible contrariar. Contrariarlo implicaría mi destrucción automática. No, tampoco me es permitido revelar su identidad. El camarógrafo aprovechaba para sacar mejores tomas. Nervioso, se movía a su alrededor. Hacía acercamientos en un deseo por captar los gestos de aquel hombre inexpresivo. De cuerpo entero, las piernas abiertas, los pantalones flojos y sucios, un close up, los movimientos de los dedos, las manos esposadas al frente, la camiseta rasgada por el forcejeo con los policías que los capturaron. El reportero miraba hacia la cámara con el rostro divertido.

Intenté que fuera limpio. Pero no sabía que no se podía por un huesito que hay ahí, dijo de pronto.

Fue su padre el que desapareció primero. Luego sus dos hermanos, aunque no contaban con más de doce años. Decían que se los había llevado la guardia. Hacía varias semanas que su papá no llegaba a por las noches a la casa. Dormía en el monte, junto con otros a los que también los andaban siguiendo. Sólo llegaba por las mañanas a la casa, para tomarse el café que su mamá le tenía listo y las tortillas heladas que se pasaba con frijoles o con sal. Hacía varias semanas había llegado la guardia preguntando por ellos. Por los tres. De nada valió que su mamá les explicara que sus hijos eran menores y que no podían tener culpa. Los siguieron buscando por las tardes. Siempre en la casa después del jornal, nunca en las milpas ni en las fincas ni en los beneficios, para no comprometer a los patronos. Se quedaban horas esperándolos, parados frente a la casa, como de piedra. Él los veía detrás del cerco y ellos se hacían los que no lo miraban. Cuando se cansaban del plantón, tiraban una puteada al aire y amenazaban con volver. Fue por aquellos días en que su hermano más pequeño se murió enlombrizado. La madre no tenía para comprarle papelitos de medicina, mucho menos para pagar un médico. Y como su papá estaba ausente, lo dejó estar desnudo y panzón, hasta que un día la fiebre se lo llevó, casi sin dolor, casi sin que nadie lo sintiera.

Por el hueso que uno tiene aquí, dijo de nuevo, intentando tocarse la nuca con el dorso de las manos gruesas. Por eso no pudo ser limpio, pese a mi entrenamiento androide militar técnico, afirmó. Así que quizá es por eso que hoy me tienen detenido. Porque no seguí el protocolo. Me confundí. Y como ellos son bien estrictos, estas cosas no las perdonan, afirmó. Soy un sistema que no es humano, pero quizá ocurrió un error en mi programación, dijo sin expresión.

Después, cuando su papá y sus hermanos ya no estaban, fue la guerrilla la que llegó a tocarles la puerta una madrugada. Los reconocieron por la ropa sucia, las melenas largas, las barbas y las mujeres uniformadas que los acompañaban, tras cuya ropa podían vislumbrarse sus pechos sin sostenes. Tampoco llevaban botas militares. Llegaron pidiendo contribución. Se llevaron las gallinas y el cuchito que su mamá engordaba para ayudarse el fin de año. Sintió rabia. Y, como pasara el tiempo y ni su padre ni sus hermanos volvieran, no quedó otra que aceptar que era verdad, que por fin la guardia los había capturado. Seguramente los habrían torturado y aventado en alguna zanja donde, probablemente sirvieron de alimento a los zopes y los chuchos raquíticos del lugar. Lo mejor era no pensar en eso, oyó que decía su madre un día.

Lo habían capturado mientras caminaba sin rumbo. Llevaba la mochila aún chorreando. Lo detuvo la autoridad. Altos y corpulentos, los nuevos policías uniformados no tuvieron problemas en lucharse con él y paralizarlo contra el piso de tierra y piedras. Para eso los habían entrenado luego de los acuerdos de paz y la llegada de la democracia. Casi ni lo lastimaron y, pese a que era tan grande como ellos, lograron esposarlo sin mayores esfuerzos. Él tampoco se resistió gran cosa.

Meses más tarde llegó el ejército. Les quitó la mitad del terreno que tenían. Les desarmó los gallineros y les mató al único chucho que les quedaba, por ladrarles y tenerles miedo. Se instalaron sin siquiera preguntar. Que utilizarían el espacio disque para tareas militares, pero realmente sólo llegaban a cagar y a tirar la basura. Después llevaron muertos. Los enterraban o los dejaban al aire. Había que tener cuidado de que los pollos no los picaran. A los animales les gustaba comerles los ojos, porque eran blandos. A veces se los ganaban las hormigas, pero su mamá lo mandaba a espantarlos. No quería comer animales que se hubieran alimentado de gente, decía, no tanto porque fuera sucio, sino porque era pecado. Después los soldados sembraron milpa y cuando el maíz fue creciendo, a él le comenzó a dar tristeza.

Con el tiempo les prohibieron cruzar la alambrada. Iban a construir un galerón, dijeron, sobre el pedazo que les habían quitado a ellos y a otros vecinos. El cerco se allegaba cada vez más a las casas. En el galerón decían que guardaban suministros, pero eso a él nunca le constó, porque nunca pudo ver ni la entrada. La única vez que intentó cruzarse para perseguir un pollo que se había escapado de que le doblaran el buche, los soldados lo amenazaron con dispararle si no se salía para ayer del terreno. El pollo se perdió y su mamá lo regañó por haber dado alimento al enemigo. Así los llamó y a él se le quedó en la cabeza.

Yo, no soy un humano, dijo al tiempo que se rascaba los genitales que le picaban por el calor que hacía y porque llevaba el cuerpo pegajoso. Soy un sistema que no envejece, ni se enferma, ni muere. Me creó una entidad invisible e individual. He sido clasificado como un sistema androide anónimo. Yo soy un androide especializado y programado para la vigilancia militar.

Un día también llegaron por él. Y como ya su mamá no los podía mantener a todos, ni tampoco se iba a poner a alegar con los guardias, no dijo nada cuando se lo llevaron en el camión militar junto a otro montón de cipotes de por ahí cerca. Era una boca menos que alimentar y, al menos así, le dijo antes de darle el atado de sus pocas pertenencias, iba a aprender oficio y le iba a poder enviar unos cuantos centavos a fin de mes.

Al principio, y porque estaba muy cipote, le tocó andar llevando recados y papeles. Otras veces, tirar los orines de la tropa. Cuando comenzó el entrenamiento, pese a que le sangraban los pies, pues no estaba acostumbrado a calzar zapatos y mucho menos a subir con las botas de punta de acero los cerros que les hacían trepar a diario, él era el único que aguantaba sin rezongar. Fue así como le fueron ganando confianza. Pronto le fueron encargando ir a comprar víveres a la tienda cercana o al pueblo. Y un día, porque había sido el único que había aguantado los entrenamientos sin vomitar, hasta le habían dejado presenciar "los procedimientos". No le dieron lástima los desnutridos que llevaban de los caseríos y cantones cercanos y que, casi siempre, se les morían temprano por la mañana, a consecuencia de los interrogatorios que a veces les dejaban un ojo colgando sobre la nariz.

Fui diseñado para vigilar la pureza de la inteligencia militar superior. En el mundo al que aspiramos no existen los torpes ni los idiotas. Un tonto no puede existir en un mundo inteligente, así como un indisciplinado no existe en un mundo disciplinado y militarizado. Mi deber es velar por la civilización avanzada y eliminar a todo aquel que no tenga la inteligencia suficiente para pertenecer a ella. O sea, yo elimino inteligencias inferiores. Ese es mi deber.

Pronto fue ascendido. Entonces pudo participar en los combates. Por su arrojo y valentía, porque no le temblaba nada a la hora de combatir con el enemigo, los instructores gringos le tomaron aprecio. No le llevó mucho tiempo antes de que lo transfirieran a uno de los batallones de reacción inmediata, que habían sido formados debido al recrudecimiento de la guerra en los últimos años. El gobierno estaba decidido a evitar que los comunistas tomaran el país, les decía el instructor, y para ello contaban con el apoyo de su gobierno, el de los Estados Unidos. La guerra emprendida por los que adoraban al diablo y se alejaban de la luz, no tenía posibilidades. Pero a él lo que más le gustaba era la comida. Ya no se veía obligado a comer las tortillas con arroz y frijoles que les daban a diario en el cuartel, donde sólo comían carne la noche antes de que los mandaran a combate para que agarraran energías. Pero la energía, él bien sabía, venía de otro lado. Igual pasaba aquí. Les echaban algo en la sopa o en el arroz, que luego los hacía tener visiones y sentirse indestructibles. También les pasaban películas de acción y de guerra. Así fue como participó en varios operativos que luego le quitarían el sueño. Aunque jamás le contó a nadie, porque les habían dicho que el miedo era debilidad.

Mi educación y preparación ha sido proporcionada por instancias superiores a la inteligencia convencional, cuyo nombre no puedo mencionar porque lo desconozco. Por eso es militar y por eso es secreta, afirmó, al tiempo que el reportero lo estimulaba a seguir hablando. O sea que yo no puedo revelar ninguno de los contenidos con que fui programado, afirmó.

Pronto comenzó a despertarse todas las noches, empapado en sudor y llamando a su madre, a la que veía echando tortillas en la casa. Quizá, pensó él, todo aquello le comenzó al enterarse de que el caserío donde había crecido había sido asolado. Le habían quitado el agua al pez, decían los tenientes. Y él no quiso preguntar por su familia, porque le habían dicho que ahora pertenecía al glorioso ejército nacional, que viviría mientras viviera la República y esto era todo lo que él debía tener por familia y hogar. Que si había que renegar hasta de la nana, porque ésta estaba a favor de las ideas enemigas, pues así sería. Luego se enteró de que su mamá y su hermana menor se habían salvado de milagro. Habían sido evacuadas por un comité de solidaridad que de casualidad se encontraba por aquellos días en la zona. Se fueron para otro pueblo, donde no tenía cómo contactarlas, pero ellas tampoco quisieron volver a saber de él.

La televisión comenzó a sonar con estridencia. Luego, tras los chiflidos de varios internos, el volumen fue regulado. Era las doce del mediodía. El sol golpeaba las cabezas de los que, sudorosos y sin camisa, jugaban fútbol en el patio de cemento. La mayoría, sin embargo, prefería quedarse resguardada en la sombra del salón que servía de comedor. Él, sin embargo, miraba fijamente por la ventana.

Pronto las pesadillas se extendieron de las madrugadas a las horas diurnas y una vez, en pleno combate, estuvo a punto de volarle la cabeza a un capitán porque creyó ver que, bajo el uniforme camuflado, se ocultaba un extraterrestre guerrillero. Estuvieron a punto de darle de baja, pero se salvó porque en eso vino el cese de fuego. Lo que tanto habían oído, pero había pensado era una estrategia de guerra más, "las negociaciones", como les llamaban, resultó que siempre sí eran ciertas. El alto mando militar se puso de acuerdo con el enemigo y se acabó la guerra. Les dieron las gracias a todos en una ceremonia a la que llegó hasta el Jefe del Estado Mayor, en representación del Ministro de la Defensa que no pudo asistir por encontrarse ocupado. Los hicieron desfilar por última vez, pronunciaron discursos en los que les reconocieron su valentía y los altos servicios prestados para defender la patria en uno de los momentos más críticos de su historia. El pueblo les habría de estar eternamente agradecido, dijeron. Les entregaron sus medallas y un cheque en concepto de indemnización, que equivalía a tres meses de sueldo y los dejaron parados en la puerta del cuartel con la incertidumbre de no saber qué hacer con el resto que les quedaba de vida.

Usted ha visto los androides en el cine, oyó que decía la televisión. En este reportaje le presentaremos a un android real. Acusado de rebanarle el cuello a un hombre, fue detenido mientras llevaba al hombro una mochila dentro de la cual portaba la cabeza de su víctima. En declaraciones hechas a este medio, el imputado dijo ser un androide diplomático especializado en técnicas de seguridad militar, afirmó el presentador con la voz impostada, al tiempo que todos en el cuarto se echaron a reír. Él, sin embargo, no pudo escucharlos. Con la mirada perdida, oía cómo su madre lo llamaba a gritos y sonrió. A sus espaldas mil huacales hacían ruido al caer.

# DUŠAN Y VESNA

Lloraba despacio, como si el llanto que había albergado durante años en el alma se le estuviera escapando de a poco, igual que se escapa el aire de un globo. Su corazón, que había vivido lleno de añoranza y contenido por los recuerdos del pasado, se inundó de dolor y de ira. Rompió las fotos y tiró los pañuelos bordados con el nombre de su marido muerto, amarillentos y olorosos a naftalina debido a los años que habían permanecido guardados en la maleta de piel con la que había cruzado el Atlántico. En ella habían cabido todas sus pertenencias y las de Tereza. Entonces, como hoy, hacía frío y le dolía el pecho y el alma.

¿Dónde habían estado todos estos años, entonces?, quiso saber. En un país de Sudamérica que era difícil de ubicar en el mapa, respondió Dunja. ¿Desde hacía cuánto? Desde hacía décadas, desde que lo creyeron muerto y Vesna había perdido toda esperanza de su retorno, respondió.

Durante la guerra, Dušan solía discutir con Dunja sobre política y sobre la guerra misma. Había en la guerra algo que lo excitaba. Dunja, en cambio, tenía sus reservas. Veía venir el caos, la hambruna, las bombas. Su tío Ivan, hermano mayor de su madre, había sido subteniente durante la gran guerra precedente y solía contar lo crueles que pueden ser las batallas. Una guerra sin sentido, salvo para los que jamás tendrían que ir a combate ni enviarían un hijo al frente, decía.

Dušan en cambio, se había unido a las filas con tan sólo veintidós años, dos años de matrimonio y una hija recién nacida. Pero entonces se sentía ya un hombre y sus ideales lo conminaban. No sabía que le faltaba mucho por aprender y se fue, dejando a Vesna y a Tereza a cargo de familiares y amigos que después, ocupados como estaban en lograr su propia supervivencia y resguardo, fueron desentendiéndose. Más adelante nada podrían informarle sobre ellas.

Meses antes del final de la guerra, fue detenido en una prisión de uno de los bandos contrarios, de donde, al cabo de unas semanas, logró escapar. Fue entonces cuando, hambriento y enfermo, emprendió un largo y agotador camino a casa.

Dušan y Dunja se habían encontrado por casualidad, luego de tantos años y de tanta angustia, en una céntrica calle de Berna. Fue Dunja quien lo reconoció. Él tuvo sus dudas. Sin embargo, había sido ella quien lo había llamado. Lo llamó por su nombre. El de antes, el que cambió por miedo a ser perseguido y ya no usaba por temor a represalias. Para él la guerra era ahora un fantasma que lo habitaba y aterraba durante la noche, mientras dormía con su nueva esposa, con quien se había casado luego de un par de años de búsqueda sin frutos, creyendo que Vesna y Tereza habían muerto y que él estaba solo en el mundo. No se casó por amor, sino para evadir la terrible soledad que le recordaba las cosas vistas y vividas en la guerra. Y así habían transcurrido cuarenta años, sin tener noticias de su esposa e hija y sin saber a quién recurrir.

Luego de escapar de los guardias y tras meses de caminata, había llegado al pueblo enfermo de tifoidea, hambriento y con frío. Había recorrido cientos de kilómetros como pudo. Buscó la casa, o el sitio donde debía estar. La encontró destruida hasta sus cimientos. La guerra había terminado hacía mucho, casi toda la gente que conocía se había marchado y nadie pudo darle información. Lloró sobre los escombros de lo que fuera su hogar. Afuera todo era aún peor.

Esa misma tarde, mientras tomaban un café en un restaurante y él trataba de recuperarse de la impresión, Dunja le contó que Vesna, al encontrarse atemorizada, temiendo represalias y con una hija a la que no tenía con qué alimentar, optó por buscar ayuda en un organismo humanitario donde le ofrecieron emigrarla a América. Debió decidir entre Canadá y Sur América. Luego de una ojeada a un viejo mapa que un funcionario le mostró, escogió la segunda opción, ya que su corazón estaba frío y el nombre de su destino le evocaba calor. Ahí se mudaron con Tereza, en un viaje por barco que duró semanas. Se establecieron con la poca ayuda que les fue brindada y nunca volvieron a Europa.

Cuando se despidieron aquella tarde, Dunja prometió llamar a Vesna. Tendría que encontrar la forma de darle la noticia, dijo. Tereza tenía cuatro hijos y se había casado. Era feliz, dentro de lo que cabía, afirmó. Vesna, por su parte, se había consumido en el dolor del marido perdido y vivía añorando el futuro que no pudo ser. Aún hablaba de él como un esposo presente. Guardaba fotografías suyas en la casa, algunas, incluso la contemplaban desde las paredes o desde la mesa de noche y vivía rememorando tiempos pasados.

La mañana en que Dunja llamó para informar a su hermana, de la mejor forma en que fue capaz, que Dušan estaba vivo y que lo había encontrado por casualidad en una calle de Berma, Vesna lloró desconsolada al teléfono. No tuvo voz para decir nada. Se sintió desolada, más que el día en que un oficial del ejército había tocado su puerta, llevándole un telegrama enviado por los oficiales a cargo de la prisión fronteriza. En éste le informaban que su marido había sido acribillado al intentar huir del campo de prisioneros.

La tarde en que Tereza habló con él, Vesna rompió las fotos, tiró las cosas y pidió que nadie volviera a mencionarlo en su presencia. Para ella, dijo, había sido suficiente con enterrarlo una vez.

# ÍNDICE

Corpus                          13

El defecto                      21

El miedo                        31

Látex                           39

La familia                      43

La lluvia                       49

El estreno                      55

Espejos                         59

Caos                            63

Bernice                         65

Tu marido nos observa           71

Un gato en mi jardín            77

Androide nacional               85

Dušan y Vesna                   97